IDÉES
D'UN CITOYEN.

CINQUIÈME PARTIE.

NUMÉRO X.

IDÉES

SUR LA CORRESPONDANCE

D'UN BUREAU GÉNÉRAL

*Des Syndicats Royaux & Perpétuels
de Paroiſſes.*

Supposé que le Roi jugeant à propos d'*eſſayer*
quel pourroit être le ſuccès de cette idée, pour
le bien de ſon ſervice & l'avantage de ſon peuple,
ait ordonné à tous ſes évêques, à tous ſes inten-
dans de province & aux adminiſtrateurs des poſtes,
de notifier aux curés, aux ſubdélégués, aux ſyndics,
aux directeurs des poſtes aux lettres, ſes *volontés*
à cet égard; je propoſe ici le projet de la pre-

mière feuille, qui fera mieux comprendre le plan général, dont l'utilité me paroît presque indubitable, & sans aucun danger, Sa Majesté pouvant d'ailleurs tout supprimer, à la moindre apparence d'inconvénient.

Un des premiers avantages que j'ose annoncer, & que je m'engage à procurer en deux ans au Roi, par le moyen de la *correspondance* avec les syndicats de toutes ses paroisses, c'est un *détail de la France*, à l'usage particulier de Sa Majesté, en autant de feuilles *in-folio* qu'il y a de cures dans son empire, contenant pour chacune, en huit colonnes *in-folio*, *plus* de faits certains & intéressans qu'on n'en ait jamais recueillis, & rangés dans un tel ordre, qu'en *trois minutes* notre auguste Monarque puisse faire mettre sous ses yeux, par tout homme qui saura lire, l'article précis qu'il pourra desirer.

J'ai dit que la correspondance coûteroit vingt sols

par mois au *fyndicat*, compofé de fix perfonnes aifées ; & j'ai fait obferver, que les *fonctions* de ce petit *confeil paroiffial* lui procureroient, fans furcharger le peuple, *un revenu* plus que fuffifant pour cette modique avance & quelques autres femblables. J'ajoute que, par la fuite, on pourra diminuer le prix de cette feuille hebdomadaire. La fageffe prefcrit de caver au plus fort, lorfqu'il s'agit d'un établiffement qu'on veut rendre folide ; les effais & premiers *procédés* coûtant, quelque attention qu'on y faffe, beaucoup de faux-frais, & de fortes avances.

Pour le travail, je m'en chargerai très-volontiers, fi l'on m'en juge capable ; je regarderai l'acceptation de mes offres comme le bienfait le plus précieux, & je confacrerai le refte de mes jours au fuccès d'un établiffement que je crois utile à mon Roi, à ma patrie, à tous les hommes, fi l'expérience des biens qu'il nous produira le fait adopter par d'autres fouverains. Je me flatte

de ne point faire de mal : ſi l'eſpoir de faire du
bien m'a trompé , j'eſpère que le *motif* me ſera
pardonner.

F I N.

Premier Dimanche de Juillet 1787.

L ɛ s intentions du Roi font, d'après les avis qui lui ont été donnés par Monſieur & Monſeigneur Comte d'Artois, ſes Frères, les Princes de ſon Sang, la Nobleſſe, le Clergé, les Magiſtrats & les Maires de Ville, compoſant l'Aſſemblée des Notables, ainſi que par ſes Miniſtres & par ſon Conſeil :

Premièrement, de diminuer, autant & le plus promptement qu'il ſera poſſible, la charge des *impôts*, particulièrement de ceux qui ſont payés par les pauvres journaliers, artiſans & petits marchands des campagnes, & qui cauſent journellement au peuple beaucoup de *frais ordinaires* connus & avoués ; beaucoup de petites fraudes & vexations ſecrettes, de procédures & autres *faux-frais*, beaucoup de *pertes* de tems, denrées & marchandiſes, le tout ſans aucun profit pour le tréſor royal ; notamment la *gabelle* & la *corvée*, dont Sa Majeſté a ordonné la deſtruction perpétuelle, le plutôt qu'on pourra.

Secondement, de rendre les contributions particulières de ſes ſujets, qu'il regarde tous ſans exception comme ſes enfans, aux dépenſes de ſon état, auſſi juſtement proportionnées qu'il eſt poſſible, à leurs biens, revenus & facultés : en ſorte que tous les riches, ſans aucune faveur, paient à proportion de leurs richeſſes, & que tous les pauvres, ſans aucun paſſe-droit, ſoient ſoulagés à proportion de leur pauvreté.

Troiſièmement, d'empêcher, le mieux poſſible, qu'il ne ſoit commis par aucunes perſonnes, & notamment par ſes officiers, de quelque grade qu'ils ſoient, aucunes violences, injuſtices, extorſions, ou autres inſultes contre ſes bons & fidèles ſujets.

Quatrièmement enfin, de leur procurer, au contraire, toutes les inſtructions, toute la protection, toutes les facilités, tous les débouchés & toutes les autres faveurs poſſibles, conformément aux devoirs de ſon autorité paternelle, tutélaire & bienfaiſante,

devoirs dont l'accompliſſement eſt le vœu de ſon cœur.

Pour aſſurer l'exécution des plans qui feront la reſtauration & la proſpérité de ſon empire, Sa Majeſté croit qu'il ſera très-utile, 1°. d'ériger dans chaque paroiſſe de ville & de campagne, un ſyndicat royal, paroiſſial & perpétuel, compoſé des perſonnes qui exercent, ſous ſon autorité royale, quelques fonctions publiques, & des plus anciens propriétaires. 2°. D'entretenir une correſpondance directe & continuelle entre les ſyndicats perpétuels de paroiſſe & un *Bureau général* établi à Paris, où ſes miniſtres & autres prépoſés pourront trouver toutes les connoiſſances qui leur paroîtront néceſſaires pour le bien de ſa couronne & pour celui de ſon peuple.

En conſéquence le Roi veut, qu'à commencer le plutôt poſſible, dans chacune des paroiſſes de ſon royaume, tous les dimanches, à l'iſſue de la meſſe paroiſſiale, ſoient aſſemblés, 1°. les ſeigneurs haut-juſticiers ou leurs repréſentans, leſquels préſideront ; 2°. le curé ou l'eccléſiaſtique qui tiendra ſa place, lequel fera les fonctions de ſecrétaire ; 3°. les quatre plus âgés des poſſeſſeurs de biens-fonds ; 4°. le ſyndic actuel de la paroiſſe, lequel ſera, dans celles des villes, le premier marguillier ou ſyndic de la fabrique en exercice. Leſquelles perſonnes ainſi réunies en corps de *ſyndicat royal, paroiſſial* & perpétuel, *en premier lieu*, entendront la lecture qui ſera faite de la feuille imprimée, venue du bureau général des ſyndicats à Paris en double exemplaire. . . *En ſecond lieu*, répondront par écrit aux queſtions qui feront propoſées dans ladite lettre ; l'eccléſiaſtique ſecrétaire rempliſſant les blancs qui s'y trouveront à cet effet. . . . *En troiſième lieu*, replieront un des deux exemplaires ainſi répondus par le rempliſſage des blancs, & chargeront l'un d'eux d'avoir ſoin qu'il ſoit remis à la poſte pour le *Bureau général* des ſyndicats de paroiſſes à Paris, dont il porte l'adreſſe. Et enfin, *en quatrième lieu*, garderont en dépôt au presbytère l'exemplaire du ſyndicat ainſi répondu par le rempliſſage des blancs,

lequel ſera ſoigneuſement enfilé par ordre, & conſervé dans un carton.

Sa Majeſté aura ſoin que toutes les petites dépenſes du ſyndicat & de la correſpondance ſoient rembourſées, & de prouver à ceux qui ſe diſtingueront dans les ſervices qu'ils y rendront à lui & à ſon royaume, la ſatisfaction qu'il aura de leur zèle & de leur intelligence.

PROCÈS - VERBAL *de la première Aſſemblée.*

En vertu des ordres du Roi & par ſon autorité, le   Dimanche de   1787.

Paroiſſe de
dioéſe de
généralité de
ſubdélégation de
préſidial de

A l'iſſue de la meſſe paroiſſiale, ſe ſont aſſemblés les membres du ſyndicat royal, paroiſſial & perpétuel, ſavoir ; pour la haute-juſtice :

le ſieur . . . .
. . . .

Pour le clergé, faiſant fonctions de ſecrétaire:
le ſieur . . . .
. . . .

Pour les quatre plus anciens propriétaires de biens-fonds :

le ſieur . . . .
. . . .

le ſieur . . . .
. . . .

le ſieur . . . .
. . . .

le ſieur . . . .
. . . .

Pour ſyndic, requérant au nom du Roi :

le ſieur . . . .
. . . .

Leſquels, premièrement, ont entendu la

lecture de la lettre ci-dessus. . . . Secondement, ont rempli, dans les deux exemplaires
imprimés, tous les blancs qui se sont trouvés au projet de procès-verbal. Troisièmement, ont replié celui des deux qui doit
être remis au bureau général à Paris ; chargeant le sieur   de le renvoyer
exactement. Quatrièmement, ont enfilé
d'un cordonnet, & déposé dans un carton,
l'autre exemplaire qui doit rester au syndicat.

Questions à répondre.

Par *oui* & par *non*, tout simplement par
un *seul* mot, ou *du moins* en aussi peu de
syllabes qu'il est possible.

Quand on demande *quel?* ou *quelle?* . . .
s'il n'y en a pas, on laisse les points comme
ils sont, sans rien écrire.

Quand on demande *combien?* s'il n'y en
a pas, on laisse aussi les points, & l'on n'y
met rien.

La réponse doit être écrite par l'ecclésiastique secrétaire, sur les points mêmes qui
sont au *blanc* marginal des deux exemplaires.

Ces questions seront de trois sortes. Les
unes, qui ne se feront qu'une fois ; les
autres, qui se répèteront de temps en temps;
les dernières, qui reviendront presque tous
les mois.

Première espèce.

Position de la paroisse.

Est-elle en montagnes ? . . . . . .

en plaine ? . . . .

en côteaux ? . . . .

en vallon ? . . . .

Quelles sont les paroisses voisines ?

Du côté du levant . . . . . .

Du côté du midi . . . .

Du côté du couchant . . . .

Du côté du nord . . . . . .

Eaux passant dans la paroisse.

Quelle grande rivière navigable ? . . .

. . . .

Quelle petite rivière non - navigable ?

. . . .

Quel ruisseau ? . . . .

Seconde espèce.

Dépérissement des cultures depuis cinq ou six ans.

Combien de terres tombées en friche ?

. . . .

Combien de vignes abandonnées ? . .

. . . .

Dépopulation.

Combien de maisons en masure ? . .

. . . .

Combien de ménages manquans ?

. . . .

Troisième espèce.

Prix des subsistances.

Combien coûtent vingt livres pesant de
froment ? . . . .

Combien vingt livres de seigle ? . . . . .

Combien un pot de vin de quatre bouteilles de Paris , chez le bourgeois ? . . . .

Combien au cabaret ? . . . . . .

Combien la livre de pain, chez le boulanger ? . . . .

Combien la livre de viande, chez le
boucher ? . . . .

Premier Dimanche de Juillet 1787.

LES intentions du Roi font, d'après les avis qui lui ont été donnés par Monfieur & Monfeigneur Comte d'Artois, fes Frères, les Princes de fon Sang, la Nobleffe, le Clergé, les Magiftrats & les Maires de Ville, compofant l'Affemblée des Notables, ainfi que par fes Miniftres & par fon Confeil :

Premièrement, de diminuer, autant & le plus promptement qu'il fera poffible, la charge des *impôts*, particulièrement de ceux qui font payés par les pauvres journaliers, artifans & petits marchands des campagnes, & qui caufent journellement au peuple beaucoup de *frais ordinaires* connus & avoués ; beaucoup de petites fraudes & vexations fecrettes, de procédures & autres *faux-frais*, beaucoup de *pertes* de tems, denrées & marchandifes, le tout fans aucun profit pour le tréfor royal ; notamment la *gabelle* & la *corvée*, dont Sa Majefté a ordonné la deftruction perpétuelle, le plutôt qu'on pourra.

Secondement, de rendre les contributions particulières de fes fujets, qu'il regarde tous fans exception comme fes enfans, aux dépenfes de fon état, auffi juftement proportionnées qu'il eft poffible, à leurs biens, revenus & facultés : en forte que tous les riches, fans aucune faveur, paient à proportion de leurs richeffes, & que tous les pauvres, fans aucun paffedroit, foient foulagés à proportion de leur pauvreté.

Troifièmement, d'empêcher, le mieux poffible, qu'il ne foit commis par aucunes perfonnes, & notamment par fes officiers, de quelque grade qu'ils foient, aucunes violences, injuftices, extorfions, ou autres infultes contre fes bons & fidèles fujets.

Quatrièmement enfin, de leur procurer, au contraire, toutes les inftructions, toute la protection, toutes les facilités, tous les débouchés & toutes les autres faveurs poffibles, conformément aux devoirs de fon autorité paternelle, tutélaire & bienfaifante,

devoirs dont l'accompliffement eft le vœu de fon cœur.

Pour affurer l'exécution des plans qui feront la reftauration & la profpérité de fon empire, Sa Majefté croit qu'il fera très-utile, 1°. d'ériger dans chaque paroiffe de ville & de campagne, un fyndicat royal, paroiffial & perpétuel, compofé des perfonnes qui exercent, fous fon autorité royale, quelques fonctions publiques, & des plus anciens propriétaires. 2°. D'entretenir une correfpondance directe & continuelle entre les fyndicats perpétuels de paroiffe & un *Bureau général* établi à Paris, où fes miniftres & autres prépofés pourront trouver toutes les connoiffances qui leur paroîtront néceffaires pour le bien de fa couronne & pour celui de fon peuple.

En conféquence le Roi veut, qu'à commencer le plutôt poffible, dans chacune des paroiffes de fon royaume, tous les dimanches, à l'iffue de la meffe paroiffiale, foient affemblés, 1°. les feigneurs haut-jufticiers ou leurs repréfentans, lefquels préfideront ; 2°. le curé ou l'eccléfiaftique qui tiendra fa place, lequel fera les fonctions de fecrétaire ; 3°. les quatre plus âgés des poffeffeurs de biens-fonds ; 4°. le fyndic actuel de la paroiffe, lequel fera, dans celles des villes, le premier marguillier ou fyndic de la fabrique en exercice. Lefquelles perfonnes ainfi réunies en corps de *fyndicat royal, paroiffial & perpétuel*, *en premier lieu*, entendront la lecture qui fera faite de la feuille imprimée, venue du bureau général des fyndicats à Paris en double exemplaire. . . *En fecond lieu*, répondront par écrit aux queftions qui feront propofées dans ladite lettre ; l'eccléfiaftique fecrétaire rempliffant les blancs qui s'y trouveront à cet effet. . . . *En troifième lieu*, replieront un des deux exemplaires ainfi répondus par le rempliffage des blancs, & chargeront l'un d'eux d'avoir foin qu'il foit remis à la pofte pour le *Bureau général* des fyndicats de paroiffes à Paris, dont il porte l'adreffe. Et enfin, *en quatrième lieu*, garderont en dépôt au presbytère l'exemplaire du fyndicat ainfi répondu par le rempliffage des blancs,

lequel fera foigneufement enfilé par ordre, & confervé dans un carton.

Sa Majefté aura foin que toutes les petites dépenfes du fyndicat & de la correfpondance foient rembourfées, & de prouver à ceux qui fe diftingueront dans les fervices qu'ils y rendront à lui & à fon royaume, la fatisfaction qu'il aura de leur zèle & de leur intelligence.

PROCÈS-VERBAL de la première Affemblée.

En vertu des ordres du Roi & par fon autorité, le   Dimanche de   1787.

Paroiffe de
diocéfe de
généralité de
fubdélégation de
préfidial de
A l'iffue de la meffe paroiffiale, fe font affemblés les membres du fyndicat royal, paroiffial & perpétuel, favoir ; pour la haute-juftice :

le fieur . . . .

Pour le clergé, faifant fonctions de fecrétaire :

le fieur . . . .

. . . .

Pour les quatre plus anciens propriétaires de biens-fonds :

le fieur . . . .

le fieur . . . .

le fieur . . . .

le fieur . . . .

. . . .

Pour fyndic, requérant au nom du Roi :

le fieur . . . .

Lefquels, premièrement, ont entendu la

(4)

lecture de la lettre ci-dessus.... Secondement, ont rempli, dans les deux exemplaires imprimés, tous les blancs qui se font trouvés au projet de procès-verbal. Troisièmement, ont replié celui des deux qui doit être remis au bureau général à Paris ; chargeant le sieur   de le renvoyer exactement. Quatrièmement, ont enfilé d'un cordonnet, & déposé dans un carton, l'autre exemplaire qui doit rester au syndicat.

Questions à répondre.

Par *oui* & par *non*, tout simplement par un *seul* mot, ou *du moins* en aussi peu de syllabes qu'il est possible.

Quand on demande *quel ?* ou *quelle ?*... s'il n'y en a pas, on laisse les points comme ils sont, sans rien écrire.

Quand on demande *combien ?* s'il n'y en a pas, on laisse aussi les points, & l'on n'y met rien.

La réponse doit être écrite par l'ecclésiastique secrétaire, sur les points mêmes qui sont au *blanc* marginal des deux exemplaires.

Ces questions seront de trois sortes. Les unes, qui ne se feront qu'une fois ; les autres, qui se répèteront de temps en temps; les dernières, qui reviendront presque tous les mois.

Première espèce.

Position de la paroisse.

Est-elle en montagnes ? . . . . .

en plaine ? . . . .

en côteaux ? . . . .

en vallon ? . . . .

Quelles sont les paroisses voisines ?

Du côté du levant . . . . . .

Du côté du midi . . . . . .

Du côté du couchant . . . .

Du côté du nord . . . .

(5)

Eaux passant dans la paroisse.

Quelle grande rivière navigable ? . . .

. . . .

Quelle petite rivière non - navigable ?

. . . .

Quel ruisseau ? . . . .

Seconde espèce.

Dépérissement des cultures depuis cinq ou six ans.

Combien de terres tombées en friche ?

. . . .

Combien de vignes abandonnées ? . .

. . . .

Dépopulation.

Combien de maisons en masures ? . .

. . . .

Combien de ménages manquans ? . . .

. . . .

Troisième espèce.

Prix des subsistances.

Combien coûtent vingt livres pesant de froment ? . . . .

Combien vingt livres de seigle ? . . . . .

Combien un pot de vin de quatre bouteilles de Paris, chez le bourgeois ? . . . .

Combien au cabaret ? . . . . .

Combien la livre de pain, chez le boulanger ? . . . .

Combien la livre de viande, chez le boucher ? . . . .

Numéro XI.
IDÉES

Sur les travaux publics après l'abolition des
Corvées.

§. PREMIER.

Recette.

1°. Dans toute administration, la *recette* devant
être le premier point comme *principe*, la *dépense*
le second comme *conséquence*; il faut évidemment
que la *recette* à faire au nom du Roi pour le grand
objet des travaux publics, soit fixée *avant tout*.

2°. La manière la plus juste, la plus sage & la
plus avantageuse de procurer au souverain une *recette*, étant une perception directe *de quotité*, c'est-
à-dire sur chaque portion de bien, en particulier,
proportionnément à sa valeur effective, réelle &
totale, sans solidarité, ni répartition, il faut pareil-
lement que la loi des travaux publics établisse pour
cet objet *une quotité* précise, par exemple un
millième de la valeur des biens, estimés à l'amia-
ble ou par sentence arbitrale, exécutée par provi

fion, fauf l'appel aux fièges & cours ordinaires. Mais *fans exception*, tout le monde ufant des propriétés publiques.

3º. La perception de ce millième des biens réels, ne doit point être confiée aux collecteurs & prépofés ordinaires ; mais au fyndicat de la paroiffe en corps, qui en tiendra la caiffe, fous plufieurs clés, pour éviter toute confufion & tout divertiffement.

4º. Les propriétaires nobles, eccléfiaftiques & bourgeois, faifant ainfi *toute l'avance* des deniers deftinés aux travaux publics, il eft indifpenfable qu'on les autorife à recevoir de leurs fermiers & locataires *un cinquantième* en fus du prix des baux, & à retenir un cinquantième des rentes & penfion qu'ils paient.

5º. Par la même raifon, le Roi, pour contribuer de fa part aux travaux publics, comme le premier & le plus confidérable des propriétaires, tant pour lui que pour fes fermiers locataires, rentiers ou penfionnaires, doit faire verfer dans une caiffe générale *ad hoc, par* les uns le cinquantième en fus de ce qu'ils lui paient, & *pour* les autres le cinquantième de ce qu'il reçoivent.

Cette caiffe générale fervira de fupplément aux

caiſſes particulières, & remplira les beſoins extraor-
dinaires.

On ne doit pas craindre que la recette ſoit trop
forte, dès qu'on prendra les précautions ſuivantes
pour en aſſurer l'emploi direct, unique & inviolable aux travaux publics, qui ſont les premières &
principales cauſes de la proſpérité des héritages
particuliers.

§. I I.

Dépenſe.

1º. Les chemins, les ponts, les canaux de na-
vigation & de flotaiſon, & les autres *travaux publics* ou *avances ſouveraines*, qui *font valoir* &
rendent productifs les *travaux* ou *avances* des propriétaires fonciers & des cultivateurs ; ceux des
manufactures & des arts, ſont notoirement de trois
eſpèces correſpondantes : ſavoir, les routes royales
qui traverſent en entier pluſieurs généralités & qui
ſont le premier ordre ; les grands chemins de la
généralité qui font la communication de leurs principales villes entr'elles & le ſecond ordre ; les petits
chemins vicinaux qui communiquent des paroiſſes
de campagnes aux villes prochaines.

De cette obſervation, réſulte la néceſſité de
partager le produit du millième des fonds réels,
dans la caiſſe même du ſyndicat paroiſſial, en trois

portions diſtinctes & ſéparées, qui ne puiſſent jamais être confondues entr'elles. Une pour chaque ordre, ſavoir; la première, pour les routes royales, à condition qu'elle ne ſortira jamais de la généralité; la ſeconde, pour les grands chemins de ville à ville, à condition qu'elle ne ſortira pas du reſſort préſidial; la troiſième, pour les petits chemins, ponts, eaux & autres beſoins publics de la paroiſſe, & à condition de n'en jamais ſortir.

2°. Pour aſſurer cette conſécration inviolable, il doit être défendu, par les cours, aux membres du ſyndicat, à peine d'en répondre en leur propre & privé nom, de ſe deſſaiſir d'aucuns deniers que pour acquitter des mandats en forme, tirés au profit des adjudicataires, pour ouvrages faits & reçus par procès verbaux, dont l'homologation régulière ſera mentionnée dans les mandats.

3°. Quant à la caiſſe générale de Paris, provevenant de la contribution du Roi, comme premier propriétaire, elle doit être à l'entière & libre diſpoſition de Sa Majeſté & de ſon conſeil, pour l'appliquer dans les lieux, & de la manière qu'ils jugeront à propos.

J'oſe aſſurer que cette forme eſt légale, fondée ſur les vrais principes de la juſtice & de la bienfaiſance, que jamais il ne ſera de l'intérêt du Souverain ni de la nation, qu'elle ſoit intervertie.

SUITE DES IDÉES D'UN CITOYEN.

Queſtions au défenſeur de M. Necker.

Vous dites, Monſieur, dans votre brochure (pages 10eme, 11eme & 12eme), ce qui ſuit.

» D'abord c'eſt une grande queſtion en économie
» politique, de ſavoir ſi dans un emprunt, c'eſt
» un mal que les *ſujets* aient l'avantage ſur le Roi.
» Pour juger cette queſtion, il faut ſe mettre bien
» dans l'eſprit ce que c'eſt que le Gouvernement
» Monarchique. C'eſt une grande famille où le
» Prince eſt le père, & les ſujets les enfans. Cette
» ſociété mutuelle rend les intérêts communs. De
» quelque côté que penche la balance des richeſſes,
» elle ſe rapporte au centre de la famille, c'eſt

(2)

» un point où aboutissent toutes les lignes de la
» fortune publique. Peut-être faudroit-il même que
» pour le bien de la république , l'avantage fût du
» côté des *sujets* , parce que l'agriculture , l'indus-
» trie , les arts & le commerce fleuriront dans la
» proportion de cet avantage. Le Roi n'est que le
» simple économe des richesses générales. Si une
» fois pour toutes on se formoit des idées justes
» sur cette première branche de l'administration
» économique, on ne verroit pas des Ministres se
» tourmenter l'esprit pour imaginer des systêmes de
» finance , qu'on regarde mal combinés , lorsque
» dans les emprunts, les avantages sont plus en fa-
» faveur du peuple , qu'en faveur du Prince.

» S'est-on jamais plaint dans une famille parti-
» culière, que le père ait trop favorisé ses enfants ?
» non : voilà le gouvernement monarchique.

» Que dans un emprunt le Roi *paie trop* , le mal
» n'est pas grand. *Vice-versâ* ; que les *sujets* paient
» beaucoup, leur ruine se tournera contre l'aisance
» publique. Si l'Etat proportionne sa fortune à celle
» des particuliers , l'aisance des particuliers fera
» bientôt monter la fortune de l'Etat. Tout dé-
» pend du moment, dit l'Auteur de l'Esprit des
» Loix. Le Roi commencera-t-il par appauvrir ses
» *sujets* pour s'enrichir , ou attendra-t-il que ses

(3)

» *sujets* à leur aise l'enrichissent ? Aura-t-il le pre-
» mier avantage ou le second ? commencera-t-il
» par être riche, ou finira-t-il par l'être ? problême
» que Louis XVI, le plus juste de tous les Rois,
» peut définir, & qu'il n'y a peut-être que lui en
» France qui puisse le définir ».

Oserois-je vous demander ce que vous appelez
sujets du Roi, par exclusion, ou du moins par pré-
férence à tous autres?

Il paroît que vous donnez-là ce titre aux seuls
prêteurs qui placent leur capital dans les emprunts.

Mais, Monsieur, *ceux qui paient les intéréts*
ne sont-ils pas aussi *sujets du Roi ?* Bien des gens
le penseront.

Je pourrois vous dire qu'ils le font *plus* que les
capitalistes, prêteurs & les *banquiers négociateurs
des emprunts.*

Si j'avois raison sur ce point, vous auriez je crois
mal proposé la question ; ne faudroit-il pas l'exprimer
ainsi ? « Le Roi, père commun, qui doit recevoir
» de ses *vrais sujets*, Nobles, Ecclésiastiques,
» Bourgeois, Marchands & Artisans, de quoi

» payer les rentes créées par les emprunts ; est-il
» vraiment intéressé à leur en faire *payer trop*,
» au profit des capitalistes & banquiers étrangers
» & nationaux qui négocient ou qui font le prêt ? »

Et en ce cas la solution est-elle bien celle que
vous donnez ? J'en doute . . . . & j'attends votre
réplique, ou celle du Banquier administrateur dont
vous défendez les principes.

 L'Abbé Baudeau.